GUÍA DE LECTURA

Escrita por Sophie Urbain
Traducida por Laura Soler Pinson

Lo que el viento se llevó

de Margaret Mitchell

Entiende fácilmente la literatura con

ResumenExpress.com

www.resumenexpress.com

MARGARET MITCHELL

AUTORA DE UNA NOVELA ÚNICA

- **Nacida en 1900 en Atlanta (Estados Unidos)**
- **Fallecida en 1949 en la misma ciudad**
- **Su obra:**
  - *Lo que el viento se llevó* (1936), novela

Margaret Mitchell nace en 1900 en una familia estadounidense sudista y le apasiona la historia de la guerra civil estadounidense (o guerra de Secesión, 1861-1865), cuyas narraciones escucha durante toda su infancia. Empieza sus estudios de medicina, pero los interrumpe cuando fallece su madre y más tarde se dedica al periodismo. A partir de 1922, redacta artículos para el *Atlanta Journal*.

Pero los problemas de salud le obligan a cesar esta actividad y, siguiendo los consejos de su marido, empieza a escribir una novela para entretenerse. Redacta *Lo que el viento se llevó* (*Gone with the Wind*) en tres años y la publica en 1936. El éxito es fulgurante y, desde su publicación, la obra seduce cada año a miles de lectores en todo el mundo. La novela recibe también el prestigioso premio Pulitzer de novela en 1937, que recompensa la excelencia en los ámbitos del periodismo, de la literatura y de la música.

LO QUE EL VIENTO SE LLEVÓ

UNA CRÓNICA ESTADOUNIDENSE

- **Género:** novela
- **Edición de referencia:** Mitchell, Margaret. 2015. *Lo que el viento se llevó*. Traducido por Juan G. de Luaces y J. Gómez de la Serna. Barcelona: Ediciones B
- **Primera edición:** 1936
- **Temáticas:** guerra de Secesión, historia de los Estados Unidos, esclavitud, amor fallido, condición de la mujer

Crónica histórica en la que se relatan las tragedias de la guerra de Secesión, *Lo que el viento se llevó* cuenta también una historia de amor apasionada entre dos amantes legendarios. Scarlett O'Hara es una joven caprichosa e independiente que busca seducir por todos los medios al bello Ashley Wilkes. Scarlett se ve confrontada a la caída de su pequeño mundo, trastornado por la guerra, y muestra una valentía sorprendente para salvaguardar el dominio familiar y darle el resplandor de otra época a partir del final del conflicto. Finalmente, se casa con Rhett Butler, un hombre con un comportamiento indecoroso y con un carisma seductor. Scarlett se da cuenta de que su amor por Ashley no era más que una ilusión, y que se ha pasado la vida persiguiendo lo que ya había encontrado con Rhett.

Hollywood toma rápidamente esta historia y, en 1939, tan solo tres años después de la publicación de la novela, la adaptación cinematográfica de Victor Fleming (director estadounidense, 1883-1949) consagra a los dos amantes. La película cosecha un gran éxito y, a día de hoy, sigue siendo uno de los largometrajes más vistos en todo el mundo.

- 3 -

UNA GUERRA QUE LO TRASTORNA TODO

Georgia, 1861. Scarlett O'Hara es una bella joven que procede de la clase alta sudista. Su familia es propietaria del dominio de Tara, una importante plantación de algodón. Scarlett es cortejada por los mejores partidos del país, pero la chica solo tiene ojos para Ashley Wilkes, el hijo heredero de la plantación vecina, Doce Robles. Sin embargo, el joven está prometido a su prima, Melanie Hamilton, y Scarlett, que está acostumbrada a obtener lo que se propone, decide emplear todos los medios para seducirlo. Pero en la recepción de la fiesta de compromiso de Ashley y de Melanie, Rhett Butler, un hombre rico y de más edad, y tan cínico como seductor y encantador, se fija en ella.

La guerra de Secesión ya ha estallado, por lo que Ashley adelanta su boda con Melanie para poder ir al frente enseguida. Por despecho y con la esperanza de darle celos, Scarlett se casa con prisas con Charles Hamilton, el hermano de Melanie, que muere de una neumonía justo después del enlace, antes incluso de haber podido llegar a los combates, cuando Scarlett está embarazada del hijo de ambos, Wade.

Scarlett, viuda, se va para instalarse en Atlanta, en casa de Melanie y de su tía, y alberga la esperanza de volver a ver a Ashley cuando este obtenga permisos. La vida en Atlanta es difícil: las privaciones son numerosas y la guerra causa estragos. Los sudistas guardan energías entre victorias y derrotas, y en contra de su voluntad, Scarlett colabora en los cuidados a los heridos. Durante un baile benéfico, se encuentra con Rhett Butler y se convierte en la comidilla, puesto que baila con él cuando lleva el luto.

Melanie, embarazada, da a luz en Atlanta, con ayuda de Scarlett, cuando la ciudad está asediada por los nordistas. Rhett Butler ayuda a las dos mujeres a huir de la capital en medio de incendios, y tras haber encontrado milagrosamente un caballo y una carreta. Las dos se refugian en Tara, en el dominio de la familia O'Hara. Cuando llegan, Scarlett pasa por una serie de infortunios: su madre muere, su padre, desolado, se sume en la locura, y los esclavos que trabajan en la plantación huyen. Como primogénita, ella es quien debe asumir la dirección del dominio agrícola. Tanto ella como sus dos hermanas conocen entonces la miseria.

UNA MUJER EN EL NEGOCIO

Los impuestos han aumentado, y Scarlett quiere pedirle ayuda financiera a Rhett Butler. La guerra se acaba y Ashley se dirige a Tara, donde se encuentra a dos mujeres enamoradas de él —su mujer, Melanie, y Scarlett, con la que guarda las distancias—. Scarlett deja rápidamente el dominio de Tara en manos de Will Benteen, un hombre que procede de una familia pobre, y regresa a Atlanta para presentar su petición a Rhett. Una vez allí, se entera de que está encarcelado: se le acusa —y se le halla culpable— de haber matado a un negro. Va a visitarle y le propone ser su amante si él, a cambio, paga los impuestos del dominio, pero Rhett rechaza la idea. Scarlett, furiosa, hace creer al rico prometido de su hermana Suellen, Franck Kennedy, al que acaba de conocer, que Suellen tiene pensado casarse con otro. Gracias a esta mentira, logra casarse con él y paga las deudas de Tara, sin tener en cuenta los sentimientos de su hermana. Poco tiempo después, da a luz a una niña, Ella, a la que le profesa el mismo amor, escaso, que a su primer hijo, Wade.

Todavía en Atlanta, Scarlett se lanza en el comercio de la madera con Ashley como socio, a quien hace venir de Tara con Melanie. La joven ignora que Franck y Ashley están vinculados al Ku Klux Klan (sociedad secreta estadounidense fundada tras la derrota de los sudistas en la guerra de Secesión y que preconiza la supremacía de la raza blanca). Poco tiempo después, un hombre negro y un hombre blanco que quieren robarle el dinero la agreden. Franck, Ashley y otros miembros del Klan deciden vengar su honor y buscar a los agresores. Se produce un altercado en el cual Franck muere, mientras que Ashley le debe la vida a Rhett Butler. Este ha salido de la cárcel gracias a una buena red de contactos y se entera a través de dos capitanes nordistas que Ashley y Franck estaban siendo buscados por su participación en el Klan. Logra llevar a su casa a Ashley con discreción y le anuncia a Scarlett la muerte de Franck.

AMOR Y DESILUSIÓN

Scarlett es viuda de nuevo y, cuando Rhett le pide su mano, al día siguiente del entierro de Franck, la joven acepta. Su matrimonio no es feliz, los dos esposos no se entienden. Sin embargo, Scarlett da a luz a una niña, Bonnie, a la que Rhett adora y a la que quiere más que a nada en el mundo. No se deja engañar, conoce desde el principio los sentimientos que su mujer alberga por Ashley. Ha intentado convencerse de que ella ya no lo amaba, pero Scarlett se posiciona a menudo a favor de Ashley, y esto reaviva las tensiones en la pareja. Estallan violentas disputas entre ellos con frecuencia, y Scarlett, embarazada de nuevo, sufre un aborto tras caer por las escaleras después del enésimo conflicto. Este suceso une momentáneamente a los esposos, puesto que Rhett se siente culpable. Más tarde, cuando Scarlett regresa a Tara para guardar reposo y para restablecerse de su aborto, Rhett llega con Bonnie, pero esta muere en un accidente de poni. Esta catástrofe deja a Rhett inconsolable y reaviva la crisis conyugal. La pareja se rompe por la muerte de Bonnie, por el amor latente que Scarlett siente hacia Ashley, y Rhett comprende que este sentimiento no desaparecerá jamás. Siempre habrá dos hombres en el corazón de Scarlett y no puede soportarlo.

Melanie sufre también un aborto que le resultará fatal. En su lecho de muerte, le hace prometer a Scarlett que velará por su hijo y por Ashley. Scarlett y Ashley están desamparados: ella ha perdido a la única amiga que ha tenido jamás, y él ha perdido a su gran amor. Los pensamientos de Scarlett se entremezclan. Melanie ha muerto, por lo que tiene vía libre para que su amor por Ashley vea la luz. Pero comprende que este amor ha cambiado después de tantos años, que no es más que una ilusión. Su verdadero amor es a partir de ese instante Rhett. Pero ya es demasiado tarde y cuando le anuncia que es a él a quien ama realmente, Rhett se gira y le dice: «Quisiera que me pudiese importar adónde vas o lo que quieres. Pero no puedo. [...] Querida mía, me importa un comino» (Mitchell 2015, 1351).

Destrozada por tanta frialdad, Scarlett comprende que ha perdido definitivamente a Rhett. Ha amado a dos hombres en su vida, pero no ha sabido comprenderlos y amarlos por lo que valían, así que los ha perdido. Scarlett se niega a ver la situación de frente, no quiere pensar en ello y no quiere admitir su fracaso; quiere atraer a Rhett hacia ella, porque, después de todo, ningún hombre se le ha resistido jamás. Y como la niña caprichosa que ha sido siempre, Scarlett concluye la novela diciendo: «Pensaré en todo esto mañana, en Tara. Allí me será más fácil soportarlo. Sí: mañana pensaré en el medio de convencer a Rhett. Después de todo, mañana será otro día» (Mitchell 2015, 1352).

ESTUDIO DE LOS PERSONAJES

PERSONAJES PRINCIPALES

Scarlett O'Hara

Egoísta, vanidosa y celosa, Scarlett es una joven mimada y popular. Al principio de la novela, se la describe como una chica con una belleza extraordinaria:

> «Sus ojos eran de un verde pálido, sin mezcla de castaño, sombreados por negras y rígidas pestañas, levemente curvadas en las puntas. Sobre ellos, unas negras y espesas cejas, sesgadas hacia arriba, cortaban con tímida y oblicua línea el blanco magnolia de su cutis, ese cutis tan apreciado por las meridionales y que tan celosamente resguardan del cálido sol de Georgia con sombreros, velos y mitones» (Mitchell 2015, 7).

Tiene un carácter travieso y autoritario, pero sabe aparentar una gran dulzura y adoptar una actitud afectada y sobria. «Los modales le habían sido impuestos por las amables amonestaciones y la severa disciplina de su madre [su nodriza negra, NLDR]» (Mitchell 2015, 7). En el momento cumbre de la guerra, Scarlett demuestra una valentía insospechada y pone todo el empeño para mantener intacto el dominio de Tara.

Scarlett seduce a todos los hombres que conoce, pero solo le interesa uno: Ashley Wilkes. Decepcionada de verlo desposar a su prima Melanie, Scarlett se casa sucesivamente con Charles Hamilton, hermano de Melanie, con Franck

Kennedy, el pretendiente de su hermana Suellen, y con Rhett Butler, pero alberga en secreto la esperanza de seducir un día a Ashley. Solo al final de la novela se da cuenta, demasiado tarde, de que su pasión por este último no es más que una quimera, y que su verdadero amor es Rhett.

La relación de Scarlett con los hombres es complicada, en la medida en que solo está interesada por uno de ellos, que la rechaza. Al no estar acostumbrada a los fracasos, sus matrimonios sucesivos se convierten para ella en un medio para poner celoso a Ashley, en vano, y también en una manera para no perder el prestigio a ojos de la sociedad. Efectivamente, quedarse soltera y anhelar un hombre que únicamente tiene ojos para otra sería el colmo del ridículo. Scarlett oculta la realidad echándose a los brazos del primero que se ofrece, y esto explica la razón por la que sus matrimonios no son felices.

El único consuelo que encuentra en ello es el eventual aporte financiero en esos matrimonios, y eso le permite salvar Tara de una ruina certera, lanzarse en el comercio de la madera o volver al tren de vida que tenía antes de la guerra.

El poco interés amoroso que manifiesta hacia sus maridos es una prolongación del poco amor y de la poca consideración que tiene por sus hijos. De hecho, la maternidad no tiene ningún atractivo para Scarlett, y la contempla más como una carga por la que toda mujer debe pasar que como una fuente verdadera de felicidad y de alegría. Los hijos la dejan indiferente y la aburren.

Rhett Butler

Rhett Butler conoce a Scarlett en la recepción que Ashley y Melanie dan por su fiesta de compromiso al inicio de la novela, y se enamora de ella inmediatamente. Tiene más edad que la joven y se le critica por su comportamiento inadecuado, pero siempre se le excusa por su carisma seductor:

> «Cuando sus miradas se encontraron, él sonrió mostrando una dentadura blanca como la de un animal bajo el bigote negro y cortado. Era moreno, y tan bronceado y de ojos tan ardientes y negros como los de un pirata apresando un galeón para saquearlo o raptar a una doncella. Su rostro era frío e indiferente, su boca tenía un gesto cínico mientras sonreía, y Scarlett contuvo la respiración» (Mitchell 2015, 131).

Rhett es muy astuto en asuntos financieros y aprovecha la guerra y el período de reconstrucción (1865-1877) que le sigue para enriquecerse especulando con los productos alimenticios, que se vuelven cada vez más escasos. Parece tener dos personalidades: una afable, distinguida, sobre todo con Melanie, a la que trata siempre con deferencia y amabilidad —puesto que, al contrario que Scarlett, Melanie es una mujer llena de bondad y sin actitudes interesadas— y otra odiable, que disfruta irritando a su entorno.

Al contrario que Ashley, no teme ver cambiar el mundo y la sociedad, incluso acoge el cambio con alegría y participa de él. Nadie confía en el nuevo Gobierno yanqui que se ha establecido después de la guerra, pero Rhett invierte dinero en obligaciones, que le parecen mucho más seguras que las inversiones inmobiliarias. Además, sus puntos de vista son bastante modernos, por lo que parece que está «adelantado» a su época y a las mentalidades tradicionales, sobre todo con respecto al tema de la maternidad. Para él, las mujeres deben estar orgullosas de llevar un bebé en el vientre en vez de encerrarse en casa y esconder su condición con una gran cantidad de capas de ropa suplementarias.

Al contrario que Scarlett, Rhett adora los niños. Le gusta jugar y armar jaleo con ellos y, en particular, está loco por su hija Bonnie. Satisface todos sus caprichos y busca compensar con ella la ausencia total de amor y de afecto que sufre en su matrimonio. El amor de Rhett por Scarlett no se desvanece jamás, incluso cuando se pelean, incluso cuando ella se burla de él. Pero Scarlett no se da cuenta hasta el mismísimo final de la novela, cuando durante su última disputa, él le dice:

> «¿Se te ocurrió alguna vez pensar que yo te amaba todo lo que un hombre puede amar a una mujer? ¿Que te amaba desde muchos años antes de conseguirte? [...] Te quería, pero no podía dejártelo saber. ¡Eres tan cruel con los que te quieren, Scarlett! Coges su amor y lo sostienes sobre sus cabezas como un látigo» (Mitchell 2015, 1343).

Melanie Hamilton

Esposa y prima de Ashley, Melanie no es tan bonita como Scarlett, pero es la bondad en persona. Es incapaz de identificar el lado malo de los demás, y siempre está dispuesta a ayudar al prójimo. Es muy apreciada y todo el mundo desea obtener su amistad, lo que molesta particularmente a Scarlett, que se siente celosa.

> «[...] Tenía la cara de una niña resguardada que no cono-
> cía más que bondad y simplicidad, verdad y amor; una
> niña que desconocía lo que era el mal y que viéndolo no lo
> habría reconocido. Habiendo sido siempre feliz, deseaba
> que todos los que la rodeasen lo fuesen también, o al
> menos que estuviesen satisfechos [...] Contaba con más
> amigas que cualquier otra en la ciudad y también con
> muchos amigos, aunque tuviese pocos cortejadores, es-
> tando privada de aquella voluntad y egoísmo necesarios
> para cautivar los corazones masculinos» (Mitchell 2015,
> 206).

Después de la guerra, durante el período de reconstrucción, Melanie no renuncia jamás a su bondad, pero su carácter se endurece un poco tras los acontecimientos, y se muestra más firme en sus decisiones. Muy unida a Scarlett, sobre todo después de que esta se haya casado con su hermano Charles, la defiende sistemáticamente frente a las calumnias y a los comentarios que se vierten sobre ella.

Ashley Wilkes

Es el esposo de Melanie y el amor secreto de Scarlett. Ashley es un hombre de antaño, que sueña con una vida tranquila y con una existencia sin desavenencias con su mujer y sus hijos en el dominio de los Doce Robles. Ama profundamente su pequeño mundo confortable, por lo que, tras la guerra, no logra aceptar su hundimiento y el cambio que se le impone. Es patriota, pero no lo es tanto en los combates sino más bien en la melancolía, un patriota que ama su casa, su país, su tierra, un hombre de «como en casa, en ninguna parte», como le indica a Melanie en la carta que le envía desde el frente. Es un hombre que busca «trazar alrededor [de él y de su mujer] un cerco mágico fuera del tiempo, alejando de sí todo lo que había sucedido [...]» (Mitchell 2015, 276). Cuando vuelve de la guerra, Ashley echa de menos su antigua vida, que «poseía una brillantez, una perfección, una simetría, comparables a las del arte griego» (Mitchell 2015, 679).

En Atlanta, donde vive después de la guerra con Melanie y con Scarlett, no es el hombre con el que se puede contar para enderezar la situación —esto decepciona mucho a Scarlett—, no muestra ninguna aptitud comercial para dirigir el aserradero que su amiga le ha encomendado. Es un hombre honrado que se deja engañar, y piensa que todos los clientes son igual de íntegros que él. El resultado es que la empresa pierde dinero. Aunque se siente atraído por Scarlett, la rechaza constantemente, puesto que quiere ser fiel a Melanie. Cuando esta muere, se da cuenta de que era realmente su único amor, y que el amor que pensaba sentir por Scarlett no era más que deseo carnal.

PERSONAJES SECUNDARIOS

Gerald O'Hara

Gerald O'Hara, irlandés arribista, es el padre de Scarlett. Inmigra a los Estados Unidos, logra hacerse un hueco en la sociedad y se casa con Ellen Robillard. Es irascible, vividor, y tiene un gran corazón. Adora a su hija Scarlett, que le tiene mucho cariño. Muere tras partirse el cuello cuando salta a caballo por encima de una valla.

Ellen O'Hara

Ellen, la madre de Scarlett, es una mujer dulce. Tiene grandes valores morales y una bondad que la empujan a ayudar a los enfermos y a los necesitados, sean blancos o negros. Enamorada de su primo que se ha visto obligado a irse del país, ella, hija de una de las familias más ricas de la ciudad de Savannah, por despecho y para sorpresa de todos, acepta casarse con Gerald O'Hara, un inmigrante sin fortuna que ha construido el dominio de Tara con sus propias manos y que lo ha hecho prosperar partiendo de cero. Ellen encarna el modelo que Scarlett se esfuerza por imitar.

Mama

Mama es una esclava negra, «devota de los O'Hara hasta dar por ellos la última gota de su sangre» (Mitchell 2015, 37), y que, además, sigue manteniendo su fidelidad hacia ellos durante y tras la guerra civil. Es el aya de Scarlett. Es en cierta manera la conciencia de la joven. Espía las andanzas de Scarlett, y no duda en reprenderla cuando se comporta mal. Pero a pesar de lo que dice o piensa del comportamiento de su joven protegida, la apoya en todos los acontecimientos.

Charles Hamilton y Franck Kennedy

Charles Hamilton es el hermano de Melanie y el primer marido de Scarlett. Se trata de un hombre cariñoso, pero bastante torpe con las mujeres. Tras su boda con Scarlett, lo llaman enseguida para combatir en el frente y muere a causa de una neumonía en un campo de entrenamiento, antes de unirse a la batalla.

Franck Kennedy es un hombre rico, comprometido con Suellen, la hermana de Scarlett, cuando esta última lo manipula para casarse con él y aprovecharse de su fortuna con el objetivo de asegurarse la supervivencia de Tara. Franck Kennedy es, por lo tanto, el segundo marido de Scarlett. Está desconcertado por el increíble olfato para los negocios de su esposa, una cualidad que, de hecho, no ve con buenos ojos, sobre todo en una mujer. Tiene una salud frágil y se nos presenta como un hombre que no es demasiado guapo y que está ligado al Ku Klux Klan. En una batida del Klan para defender el honor de Scarlett, que había sido asaltada por dos maleantes, muere de un disparo en la cabeza.

Suellen O'Hara y Carreen O'Hara

Suellen es la hermana mediana de Scarlett, de la que está celosa. Termina por odiarla definitivamente cuando esta se casa con su prometido, Franck Kennedy. Suellen se casa entonces con Will Benteen, un hombre que procede de una familia pobre, pero que ha ayudado a Scarlett a levantar económicamente Tara tras la guerra. Los Benteen se convierten después en propietarios de la plantación.

Carreen es la hermana más joven de Scarlett. Tiene un temperamento dócil y muy dulce, en oposición a Suellen. Es muy creyente, así que decide entrar en el convento en Charleston, tras enterarse de la muerte de su pretendiente en la guerra.

Wade Hampton Hamilton, Ella Lorena Kennedy y Eugenie Victoria «Bonnie» Butler

Wade, Ella y Bonnie son los tres hijos de Scarlett que ha tenido respectivamente con sus tres maridos, Charles Hamilton, Franck Kennedy y Rhett Butler. Los niños no despiertan ningún sentimiento en particular en Scarlett, a la que le cuesta ser una buena madre. Su hija Bonnie muere tras una caída de poni cuando solo tiene cuatro años. La muerte de la pequeña marcará la disolución irreversible y, por otra parte, ya iniciada de la pareja Butler-O'Hara.

LA GUERRA DE SECESIÓN

La guerra de Secesión es el conflicto que opone de 1861 a 1865 a los ciudadanos estadounidenses por la cuestión de la esclavitud de los negros. Se alzan dos bandos: una confederación de los estados del sur y los estados del norte, cuya victoria marca el final del conflicto. La elección en 1860 del presidente Abraham Lincoln (1809-1865), un republicano que se posiciona en contra de la esclavitud, provoca la rebelión de algunos estados del sur que desean mantener la dominación blanca. A finales de 1860, Carolina del Sur procede a una secesión, es decir, se separa de la colectividad nacional, y Misisipi, Florida, Georgia y Luisiana, entre otros, siguen su estela. Estos últimos, a los que se unen rápidamente otros estados sudistas, se organizan es estados confederados, eligen un presidente y establecen su capital en Richmond, Virginia. Los 11 estados confederados están determinados a evitar la ruina que desencadenaría la abolición de la esclavitud que defiende Lincoln, y están convencidos de su victoria a pesar de su inferioridad numérica.

La guerra civil estadounidense constituye el telón de fondo de la novela. Está omnipresente, e incluso cuando acaba, sus consecuencias marcan la vida de los habitantes de Atlanta y de Tara. La guerra convierte a los hombres en seres orgullosos, y sus mujeres no dudan en renunciar a su felicidad por el país: «Una causa por la que habrían sacrificado a aquellos hombres, de ser necesario, soportando su pérdida con el mismo orgullo con el que los hombres llevaban sus banderas en el campo de batalla» (Mitchell 2015, 225).

Los sudistas muestran un optimismo sin fisuras: incluso cuando la situación no es favorable, los hombres mantienen la valentía y la esperanza. No obstante, la guerra parece no querer acabar, y eso conlleva carencias. Muchos productos y alimentos ya no están disponibles o se vuelven demasiado caros. Los bloqueos en los puertos acentúan las dificultades para abastecerse y aprovisionarse, y los precios se disparan.

> «El bloqueo yanqui se hizo más riguroso, y algunos artículos de lujo, como el té, el café, la seda, los corsés, el agua de colonia, las revistas de moda y los libros eran escasos y carísimos» (Mitchell 2015, 279).

Estas privaciones resuelven la papeleta de los especuladores y de los aprovechados de todo tipo, que no dudan en vender sus mercancías a precio de oro, dado que la oferta es muy inferior a la demanda. Incluso Rhett Butler se aprovecha de este golpe de suerte para enriquecerse.

> «Cuanto más escaseaban víveres y ropas, más fabulosamente subían los precios, más energía y virulencia adquiría el clamor público contra los especuladores. [...] Contra ninguno de aquellos pescadores en aguas turbias era más amargo el resentimiento que contra Rhett Butler. Rhett, al hacerse más difícil burlar el bloqueo, había vendido sus barcos y ahora se dedicaba abiertamente a especular en géneros alimenticios» (Mitchell 2015, 353).

Sin embargo, la guerra no trae solamente cosas malas para Scarlett y para las otras jóvenes, ya que les permite dejar la rigidez anterior y obtener una cierta laxitud: antes no se podía mantener contacto con los hombres antes del matrimonio y ahora las chicas se dejan besar por los hombres en perjuicio de sus madres, que nunca habían tenido el más mínimo contacto físico con un hombre antes del matrimonio.

En abril de 1865, los sudistas firman la rendición. Entonces, empieza un período de reconstrucción. Se vota la 13.ª enmienda sobre la abolición de la esclavitud y se adoptan numerosas medidas políticas y sociales, sobre todo a favor de la emancipación de los negros. Esto enfada a los sudistas, que ven llegar al poder a los *carpetbaggers* (aprovechados que salen del bando nordista, que se instalan en el sur para beneficiarse de la confusión que reina tras la guerra y enriquecerse), a los *scalawags* (sudistas que se unen a la causa nordista por interés) y a los negros emancipados. Los plantadores no logran recuperar su poder y su dominación de antes de la guerra. Entonces, reaccionan creando sociedades secretas, como el Ku Klux Klan (fundada en 1866), cuyos miembros atacan a los *carpetbaggers* y a los *scalawags*, y utilizan la amenaza o el linchamiento para forzar a los negros a abstenerse de participar en la vida social y política.

A pesar de estas tensiones, la vida retoma su curso progresivamente, el sur y sus extensas plantaciones curan las heridas de un conflicto que los ha arruinado. La población recupera poco a poco su sonrisa, los bailes y los matrimonios se retoman como si hubiese habido un paréntesis, pero «todo había cambiado en el mundo, excepto las antiguas fórmulas. Los viejos usos continuaban, debían continuar, porque las formas externas era lo único que les quedaba» (Mitchell 2015, 786).

UNA NOVELA FEMINISTA

En *Lo que el viento se llevó*, la autora expone la condición de la mujer en el siglo XIX en el sur tradicionalista. Las mujeres que provienen de la clase alta deben ser sensatas, modestas, tienen que quedarse en un segundo plano y tienen que parecer ignorantes, incluso si saben muchas cosas. Se dedican a su hogar y, pase lo que pase, deben adherirse a la opinión de su marido. Y esto es lo que molesta a Scarlett, que quiere sobre todo ser ella misma, hacer y decir lo que quiera sin tener que preocuparse de las convenciones. Margaret Mitchell nos ofrece a una heroína que va a contracorriente para la época. No busca que la denigren, pero se arriesga a que así sea con sus comportamientos y sus reacciones. Scarlett (sobre)vive en una sociedad donde todo es conformismo y donde no parece que el papel de la mujer vaya a cambiar en algún momento de la historia:

> «Estoy cansada de tener que fingir; harta de aparentar que como menos que un pájaro y de andar cuando tengo ganas de correr, y de decir que me da vueltas la cabeza al terminar un vals, cuando bailaría dos días seguidos sin cansarme. Estoy harta de decir "eres extraordinario" a unos imbéciles que no tienen ni la mitad de inteligencia que yo y de fingir que no sé nada para que los hombres puedan decirme majaderías y se crean importantes...» (Mitchell 2015, 108).

A pesar de su educación muy estricta, las jóvenes todavía tienen un poco de libertad, bastante relativa, para coquetear con chicos durante comidas campestres, mientras que las mujeres casadas deben mantenerse apartadas siguiendo los convencionalismos. Pero la peor situación para una mujer es sobre todo la viudedad. Para Scarlett, esta prueba, tras la muerte de su primer marido, será una de las peores de su vida:

> «Así que a las viudas más les valdría morir. Una viuda tenía que llevar horribles vestidos negros sin un adorno que los avivase, ni flores, ni cintas, ni encajes o joyas [...]. Las viudas no podían charlar animadamente ni reír fuerte. Cuando sonreían, debían hacerlo de una manera triste y trágica y (ésta era la cosa más terrible) no podían, de ningún modo, demostrar que experimentaban placer en compañía varonil» (Mitchell 2015, 180).

Además, una mujer que ejerce una profesión está mal vista por el resto de la sociedad. Así, Scarlett va a contracorriente una vez más, cuando se convierte en propietaria de dos aserraderos y de la tienda de su marido, y cuando decide dirigirlos. Incluso durante el periodo de reconstrucción, la joven se gana las maledicencias de toda la ciudad de Atlanta y de otras partes. Sus tías de Charleston se lo hacen saber en una carta:

> «Hemos escuchado rumores sobre ti, pero es obvio que no nos los hemos creído. Entendemos que en aquellos días tan terribles que siguieron a la guerra quizás no podías actuar de otra manera, las condiciones eran las que eran. Pero a día de hoy, nada te obliga a adoptar una conducta tal. [...] Scarlett, tienes que parar esto. [...] ¡Piensa en lo que dirán tus hijos cuando sean mayores y vean que ejerces una profesión! ¡Estarán espantados al saber que te expones a los insultos de los hombres maleducados y a los peligros de los cotilleos! Una actitud

Para acabar, en la obra de Margaret Mitchell, más allá de los hombres, obligados y forzados a convertirse en soldados para defender su país, son las mujeres las heroínas. El personaje de Scarlett está movido por una revuelta contra las convenciones sexistas y muestra una gran modernidad en su comportamiento. Además, la historia se cuenta a través de la mirada de las mujeres, Scarlett y Melanie, que han sufrido la guerra civil, se han adaptado, se han arremangado para curar a los heridos, encontrar víveres y guardar fuerzas para continuar. *Lo que el viento se llevó* no es solo una crónica histórica: también es una novela feminista, que muestra a las mujeres con sus virtudes y sus defectos, que cuestiona su condición, y que ensalza su valentía, su sentido del deber y su patriotismo frente a esta guerra que les ha arrebatado todo: maridos, padres, hijos o nietos, dominios, todo lo que había de reconfortante y confortable en sus vidas.

LA ESCLAVITUD

La esclavitud, presentada en la novela en una versión un tanto edulcorada debido a los orígenes sudistas de Margaret Mitchell, no corresponde al estereotipo del trabajo en cadena que en Estados Unidos se llama *gang system*. La esclavitud en las plantaciones agrícolas incumbe más al *task system*: los esclavos están bajo la autoridad de un regidor, Jonas Wilkerson, se les asigna una tarea precisa y pueden atender sus actividades personales cuando el trabajo

---

1. Cita traducida por ResumenExpress.com

termina. Por eso, los esclavos de Tara, como Mama, Pork, Prissy y Dilcey no parecen infelices ni maltratados, más bien al contrario.

Además de esta distinción de «régimen de trabajo», también existe una diferencia entre los esclavos que deben realizar trabajos del campo y los esclavos que efectúan trabajos domésticos. En la novela, esa diferencia se marca claramente, puesto que los esclavos acostumbrados a trabajar en la casa aceptan a regañadientes que tienen que ayudar en los campos para cosechar algodón, cuando el dominio de Tara está arruinado. Scarlett debe luchar contra el sentimiento de casta muy marcado en los esclavos y tiene que obligar a sus «gentes de casa» a ayudar en la explotación.

> «Pork, Mamita y Prissy pusieron el grito en el cielo ante la mera idea de trabajar en el campo. Repetían que ellos eran criados domésticos, no peones agrícolas. [...] Scarlett se negó a escuchar tales protestas y los llevó a todos en el carro hasta el sembrado de algodón. Pero Mamita y Pork trabajaban tan lentamente y se lamentaban tanto, que Scarlett envió a Mamita otra vez a la cocina, y a Pork al bosque y al río con lazos para cazar conejos y otros animalillos, y con cañas de pescar. Recoger el algodón era algo ofensivo para la dignidad de Pork, pero cazar y pescar no lo era» (Mitchell 2015, 580).

Incluso cuando su trabajo es a veces penoso y los amos son duros y autoritarios con ellos, los esclavos muestran una lealtad sin fisuras. Así, Mama sigue a Ellen cuando se casa con Gerald O'Hara y, por lo tanto, cría a sus tres hijas. En cuanto a Pork, no duda en cometer hurtos en casa de los vecinos para asegurarse de que todos en Tara tengan suficiente comida.

Tras la guerra, los negros comienzan a emanciparse, apoyados por los yanquis, que quieren que obtengan el derecho a votar, por mucho que esto irrite a Franck Kennedy. Los antiguos sirvientes son liberados, pero algunos siguen siendo fieles a sus amos, como pasa con los esclavos de Tara, que se niegan a reivindicar su nueva libertad y comparten el sufrimiento de sus amos en este período difícil para ellos.

LO QUE EL VIENTO SE LLEVÓ: UNA NOVELA Y UNA PELÍCULA

La adaptación de la novela al cine que lleva a cabo Victor Fleming en 1939 recibe todos los elogios posibles: casi cuatro horas de película, con un presupuesto de producción de unos cuatro millones de dólares, que habría generado veinte millones. El largometraje de Fleming gana además ocho estatuillas en la ceremonia de los Óscar, entre ellos, el de mejor película y mejor actriz para Vivien Leigh (actriz británica, 1913-1967), que encarna el papel de Scarlett O'Hara. En esta adaptación aparecen también otras bestias consagradas del cine de la época: Clark Gable (actor estadounidense, 1901-1960), Olivia de Havilland (actriz estadounidense nacida en 1916) y Leslie Howard (actor y cineasta británico, 1893-1943).

La película se rueda en color y se divide en cuatro partes, que trasladan las diferentes épocas del relato. Una primera parte, «verde», evoca la fertilidad, la despreocupación en Tara y la alegría de vivir de Scarlett. La segunda parte es «roja», marcada por la sangre, la rabia, la ira y los celos de Scarlett, pero también por el amor, con el primer beso que se dan Rhett y Scarlett. Es también del momento de la guerra y de las privaciones. La tercera parte es predominantemente marrón, el color de la sequía y de la desolación de la posguerra. La última parte es negra u oscura, con toques blancos. Esto representa un renacimiento, la mezcla entre norte y sur; es también el regreso de la opulencia, pero también de un último sufrimiento con la muerte de Melanie y con la partida de Rhett.

Por lo demás, la película es muy fiel a la novela, y es casi la transposición perfecta, salvo por la desaparición de algunos personajes que no son esenciales para la intriga, pero también de otros, más importantes, como es el caso de los hijos que Scarlett tiene en sus primeros matrimonios; solo Bonnie, la hija de Rhett Butler y Scarlett, aparece en pantalla. Asimismo, existen diferencias de guion entre la novela y la película. Por ejemplo, en el cine, Gerald O'Hara muere tras una caída de caballo en una carrera de persecución, mientras que en la novela, el personaje fallece en una caída de caballo al querer saltar una barrera. Esta caída es la consecuencia de la crisis de locura en la que Gerald se sumerge tras la muerte de su mujer Ellen. Además, el destino de la hermana joven de Scarlett, Carreen, que se retira en un convento, no aparece mencionado.

Cuando sale la película, las críticas son unánimes y aclaman una película excepcional por su calidad visual y por la interpretación extremadamente acertada de los actores. Hay una única salvedad que empaña el triunfo del estreno en los Estados Unidos: la actriz Hattie McDaniel (actriz afroamericana, 1895-1952), que interpreta el papel de la esclava Mama, no puede asistir al estreno en compañía de sus colegas por culpa de las leyes raciales de la época. La ironía de la historia es que estas leyes segregacionistas no le impiden recibir el Óscar a la mejor actriz de reparto. Se convierte así en la primera artista negra oscarizada.

LA SEGREGACIÓN

Aunque la esclavitud en los Estados Unidos se abole de forma definitiva en 1865, se instaura una nueva forma de discriminación racial con la segregación (1875-1967). Los antiguos estados sudistas adoptan las leyes Jim Crow, que distinguen a los ciudadanos según la raza a la que pertenezcan y que imponen una separación en todos los lugares y servicios públicos (iglesias, escuelas, restaurantes, aseos públicos, transportes, etc.). Incluso las zonas de viviendas están separadas en blancas y negras.

En los años sesenta, algunos personajes afroamericanos famosos, como Martin Luther King (pastor y militante, 1929-1968) o Rosa Parks (figura emblemática de la lucha contra la segregación, 1913-2005), se rebelan y protestan contra esta segregación, y luchan por la adopción de un Civil Rights Act (1964), que declara ilegal la discriminación basada en la raza, el color, la religión, el sexo o la procedencia, y de un Voting Rights Act (1965), que permite votar a toda la población negra.

PISTAS PARA LA REFLEXIÓN

ALGUNAS PREGUNTAS PARA PROFUNDIZAR EN SU REFLEXIÓN...

- En esta novela, Margaret Mitchell presenta la esclavitud de una manera algo edulcorada y muestra un cierto paternalismo con los esclavos. Identifique a lo largo de la novela elementos que corroboren esta afirmación.
- Scarlett y Rhett son dos personajes al margen de la sociedad, sobre todo a causa de su comportamiento. Vuelva a leer la escena del baile benéfico y anote elementos de esta marginalidad.
- Los personajes de Rhett y Ashley se contraponen por completo. Identifique los rasgos definitorios de ambos caracteres.
- La expresión «lo que el viento se llevó» evoca la fugacidad de las cosas, las promesas incumplidas. Explique por qué este título resume bien la novela.
- ¿Por qué podemos decir que Scarlett está adelantada a su tiempo? ¿Cuáles son las señales de este desfase y cuáles son los rasgos que la oponen al personaje de Melanie?
- Demuestre por qué Scarlett O'Hara es una heroína feminista ayudándose de elementos de la novela.
- Repase el final de la novela: ¿qué relación podemos establecer entre el final de la relación Rhett-Scarlett y la situación política tras la guerra de Secesión?
- ¿Podríamos afirmar que esta novela subraya algunas zonas oscuras de la historia estadounidense?
- La autora imprime cierto feminismo a su novela. ¿Se trata de un tema frecuente para la época? ¿Cuál es la historia

de esta corriente?

- La versión cinematográfica de la historia cosechó un éxito rotundo, sobrepasando a veces el de la novela de Margaret Mitchell. ¿Cómo explica este entusiasmo?

¡Su opinión nos interesa!
¡Deje un comentario en la página web de su librería en línea,
y comparta sus favoritos en las redes sociales!

PARA IR MÁS ALLÁ

EDICIÓN DE REFERENCIA

- Mitchell, Margaret. 2015. *Lo que el viento se llevó*. Traducido por Juan G. de Luaces y J. Gómez de la Serna. Barcelona: Ediciones B.

ESTUDIOS DE REFERENCIA

- Cinemaclassic. "Autant en emporte le vent – Romance/drame/guerre". Consultado el 14 de octubre de 2016. http://cinemaclassic.free.fr/gwtw/gwtw.htm
- Carmarans, Christophe. 2013. "Lois Jim Crow, Ku Klux Klan: la face obscure de l'Amérique". *Rfi.fr*. Agosto. Consultado el 14 de octubre de 2016. http://www.rfi.fr/ameriques/20130826-usa-etats-unis-segregation-noirs-racisme-martin-luther-king-lois-jim-crow-ku-klux-klan-face-obscure-amerique
- Enciclopedia Larousse. "États-Unis: histoire". *Larousse.fr*. Consultado el 14 de octubre de 2016. http://www.larousse.fr/ encyclopedie/divers/%C3%89tats-Unis%-C2%A0_histoire/185969
- Enciclopedia Larousse. "Guerre de Sécession ou guerre civile américaine". *Larousse.fr*. Consultado el 14 de octubre de 2016. http://www.larousse.fr/encyclopedie/divers/ guerre_de_S%C3%A9cession/143727
- Haïk, Elisabeth. 2008. "Scarlett O'Hara, la peste magnifique". *Motsbulles.fr*, 22 de octubre. Consultado el 14 de octubre de 2016. http://motsbulles.fr/blog/motsbulles /scarlett-ohara-la-peste-magnifique/

- Laffont, Robert y Valerio Bompiani. 1994. "Mitchell Margaret Munnerlyn". *Nouveau dictionnaire des auteurs de tous les temps et de tous les pays*, t. II, 2192-2193. París: Robert Laffont.
- Laroche-Signorile, Véronique. 2015. "Ségrégation et discriminations aux États-Unis dans les années 60". *Le Figaro.fr*, febrero. Consultado el 14 de octubre de 2016. http://www.lefigaro.fr/histoire/2015/02/20/26001-20150220ARTFIG00324-segregation-et-discriminations-aux-etats-unis-dans-les-annees-60.php
- Le Monde. 2009. "Le Sénat américain présente ses excuses pour l'esclavage". *Le Monde.fr*, junio. Consultado el 14 de octubre de 2016. http://www.lemonde.fr/ameriques/article/2009/06/18/le-senat-americain-presente-ses-excuses-pour-l-esclavage_1208649_3222.html
- Mesnard, Éric y Catherine Coquery-Vidrovitch. 2013. *Être esclave: Afrique-Amériques XVe-XIXe siècle*. París: La Découverte.
- Mougin, Pascal y Karen Haddad-Wotling, dir. 2002. "Mitchell (Margaret)", en *Dictionnaire mondial de la littérature*, 830-831. París: Larousse. Consultado el 14 de octubre de 2016. http://gallica.bnf.fr/ark:/12148/bpt6k12005026

ADAPTACIÓN

- *Lo que el viento se llevó*. Dirigida por Victor Fleming, con Vivien Leigh, Clark Gable, Leslie Howard, Olivia de Havilland y Hattie McDaniel. Estados Unidos, 1939.